歌集

風のたはむれ

kikuko fujita

藤田喜久子

現代短歌社

目次

装幀・間村俊一

風のたはむれ

新緑の樹々の葉ずゑに陽がさして美しきかな光プリズム

夢ひらく雪とけてのち水芭蕉　一期一会の風のたはむれ

見る人のあるかなきかの深山にも咲き集ふかなレンゲツツジは

銀扇の初夏の風うぐひすのケキョケキョケキョの声のすがしさ

たとへば罪と罰かも緑風と朱《あか》い血をあびたツツジ撩乱と

いつのまに残り雪きえ山かげに水芭蕉、　レンゲツツジにわたすげの花

そこだけが華やぐやうに花が咲く日々に広がる万緑の界

子守歌　遠い遠い日　夢いづこ　橅の林を風わたりゆく

今年また季がめぐりて花ひらく　風の奏でる舞曲にのつて
ねがはくは水無月の風吹きたまり心にのこる詩歌とならむ

秋彩

時がきて別れの鐘がなりひびく秋に木の葉の移ろふごとく

「われら何処より来たりて、何処に去る」かなしみと秋深まりぬ

小春日和　落葉だまりに陽がさしてかなしいまでに輝きまさる

陽をあびて秋の紅葉のグラデーション銀杏並木の黄の舞姿

神無月不稔の秋の夢のごとマリー・アントワネットの断首の刑

熟れていく風のやさしさに包まれてたわわに実る秋の果実

波の音　果つることなく続くとき明日の生命《いのち》に想ひをはせる

宙に舞ふひらひらひらひらとひとひらのもみぢ葉が散る秋風が吹く

人を待つとなけれど秋寂しくて舞ひちる木の葉を踏む音がする
虚空《そら》になる秋の調べが広がりて　地上そめゆく秋の彩《いろどり》

雪の匂ひ

きさらぎの凍てつく空と街路樹と風にただよふ雪との語らひ

禁断の木の実のなかにまぼろしの雪の匂ひが淡くただよふ

飾り窓シクラメン咲く花の香《かう》　硝子のむかうに雪ふりつづく

雪雲におほはれて今日一日《ひとひ》ただ雪ふりやまず　深山のごとく

雪原にまた吸ひこまれ降る雪はひとひらひとひら重なりゆきぬ

新雪におほはれて地上かがやきぬ　雪辱といふ言葉を想ふ

冬の朝　雪にうもれた枝々に小鳥とびかふ　生命《いのち》かがやく

きさらぎの雪の降る街　恋の歌　かなしい調べに凍てつく大気

何処にか薔薇の花々咲きみだれ甘い香りに満ちあふれゐむ

ほととぎす冬は季節の死の淵で春の蘇生を静かに待ちなむ

さくら・さくら樹

日本列島桜前線北上す　夢まぼろしを背にのせて
一斉に蕾の扉ひらかれて桜・はな・花虚空《そら》に燃えたつ

底ごもる春の光に爛漫とさくら咲き満つわが世の春と

清浄の桜のなかに燃えたつは日本のためにと散つたいのちか

春風や夢路にかよふ面影やおぼろ月夜のさくら・さくら樹

降る雪に似て舞ひおりるさくら花びら死出の旅風ピアニッシモ

さくら樹をうつす水面に花びらが浮かび流れる日々《ひび》数をます

満開の花ふりそそぐ菩薩かな　桜並木に風が舞ふとき

桜吹雪　風一陣　紺青の空へ空へと夢が群れ舞ふ

かなしみよさくら花びら散るごとに見果てぬ夢のひとひらもとぶ

夏泊半島

南から種子《たね》が流れて椿咲く　北の海辺の物語かな

あづさゆみ春きたるらし雪がとけ椿山にも紅い花影

北限の自生の椿　紅い花　ひとつが落ちて又ひとつ咲く

ここに椿自生のいはれのひとつには恋する二人の悲しい運命《さだめ》

海をながめ待ちつつ死する女《ひと》ゆゑか　北の椿にさびしさ漂ふ

春の海　静かに広がる陸奥《むつ》湾にむかひて思ふ過ぎ去りし日々《ひび》

これも亦いのちの形　一瞬に花首が落ち地に散在す

冬はシベリアからの白鳥が憩ふ海　今は不在よすがもなく

ここだけは時の流れはゆるやかに昔も今も海は変らず

花季をはり葉はつややかにものすべて夏に向つて生命《いのち》もえたつ

紅葉狩

山深くすすむにつれてあざやかに秋の彩《いろどり》美しく映え
この道をたどつてゆけば白神の未踏の山深く到るらむ

人間の耳にとどかぬ天上の調べ流れて樹々紅葉す

色かはる深山の紅葉《もみぢ》ひと知れず恋のほのほに焼かれるごとく

束の間の色鮮やかな紅葉と過去と現在・未来の夢と

橅の木も楓も蔦も変色し錦織りなす山の彩

紅葉狩　少女の夢とかなしみと交織するよ秋の一日《ひとひ》に

かなしみは秋のほほゑみ次々に樹々紅葉して全山燃える

夕闇に染まりゆく　紅葉の樹々も山も色を失ひ
未だ見ぬ春夏秋冬美しき暗門の滝また行き着かず

冬歌

美しい雪の結晶舞ひおりる天から送られてくる手紙

藍ふかくねむる山々真冬日のしづけさのなか心やすらぐ

田園は白一色の雪の原　風に誘はれ地吹雪が舞ふ

冬空に星はまたたき冴えわたる夜闇のなかで明日《あす》を占ふ

きさらぎの雪ふりしきる中空に死者へのかなしい鎮魂歌なる

眠られぬ風の荒るる夜雪がとびうねりとともに怖れがはしる

鳥影も人かげもないこほる湖　森閑とした冬物語

雪ふれば寂滅為楽の夢かよふまだ跡もなき明け方の空

室内は百花繚乱香にみちて窓のむかうは厳冬の界

雪よ降れ雪よ降れ降れ美しくこの世の悪を清めんがため

桜花繚乱

みちのくの今年の桜いままさに光を浴びて花ひらかんとす

春の日にさくら老樹にびつしりと一触即発　蕾かがやく

ぽつぽつと火がともるごと輝きてさくらの蕾さきそめにけり

たまきはるいのちは燃えて風わたる春の数日桜咲き満つ

青空にさくらの霞たなびくは天上の夢散り敷くごとき

春の夜の月影さやか敦盛の笛の音きかばや桜の下で

空の青　桜の花とかぎりなく美しき夢　メリーゴーランド

満開の桜のなかにまよひこみ　こはれた夢のかけらをさがす

もしかして夢まぼろしの具象のすがた花の残像きえやらず

そよ風が若葉を揺らし過ぎてゆく　六月の風は花と語らず

春風の歌

木の芽はる春の木の花萌えいづるさ緑みどり青みどり色

春の野にすみれ咲く見て万葉の人々しのばむ　香具山も

ゆらゆらとしだれ桜に風渡る春のひとときただそれだけを…

春風に言葉をのせて託したらどこに流れてゆくのだろうか

蝶がとぶ　心の迷ひにかかはらず今年もまた蝶のとぶ季《とき》

菜の花畑ヴァン・ゴッホの黄色かな　ほのかな香りに大地が燃える

五月晴れ雪ふるごとく花咲きぬ林檎の園の緑の枝に

青空とリラの花房見上げては遠い日の夢とぢこめてゐる

深山には水芭蕉さく春うらら雪解け水はほとばしりつつ

大自然の恵みのなかに生きることどこかに忘れたかなしい運命《さだめ》

青葉の風

風薫るてんてん手毬ころがつて地上にこでまり・おほでまり咲く

藤棚に花房ゆれる午後の陽の光の束が葉かげを射して

郊外はニセアカシアの花ざかり　若葉と風の美しい季《とき》

揺籃のかなしみに似て今日一日《ひとひ》しづかな雨が若葉を濡らす

花菖蒲ゆつたりひらく恋のごと遠くにひびく雨の旋律

別天地　水のたはむれ新緑の渓流づたひに遊歩道ゆく

ここちよくわが鼻先をかすめ吹く青葉若葉の風吹きすぎる

薔薇が咲く夢をはこんでをちこちに彩《いろどり》ゆたかに薔薇花ひらく

海風にニッコウキスゲそよぎたり続いて紫・ノハナショウブ

花便り次から次へと咲きみだる木の花・草花・万緑の中

花の夢

さくら咲く日本列島南からのどかに春が蔓延す

春うららさくらさくらさくらに誘はれて心たのしく過す日々かな

春の雪　久方ぶりの陽光にさくらの蕾はふくらみつづける

桜咲く　今年もまた花咲きぬ　樹齢百年　恋はいづこに

青空にいのちは燃える満開のさくらにそよと風渡るなり

咲き誇る　うす墨桜・滝桜・石割桜　春を謳歌す

満開の桜トンネル夢の道　天上の風吹きすぎていく

夢の宴花のいのちは短くて風に吹かれて舞ひ上り、飛ぶ

桜吹雪・風・花吹雪さらさらと夢のぬけ殻風のまにまに

五月晴れ風に吹かれて快く桜若葉に花の夢みゆ

初夏の風

いつの間に鬱蒼として葉がそよぎ藤の花季《はなどき》終はりたるかな

かなしみと疲れのなかをアカシアの花の香のせて初夏の風過ぐ

55　初夏の風

夏の日に

盛夏の街のミュージアム洞窟の壁画のやうな「モネと水辺展」
一瞬をうつしつづけるモネの画布　光とたはむる水と睡蓮

ジャポニズムしだれ柳と太鼓橋　遠い異国に憧れいだいて

私にも憧れいだくものが欲し夏蟬の合唱のなか切に思ふ

陽が燃えるそよ風ひかるまなうらに八百屋お七の恋の地獄絵

風鈴の音が響く　すずかけ・すずかぜ・すずしろ・すずむし・すずらん

炎天に秋の気配は見えざれど街には桔梗・竜胆・秋桜草《コスモス》

朝顔の花数かぞふ今日二つ昨日は三つ明日は五つ

夕涼み幼い頃に見た螢　夏草だけは茂つてゐる

風吹かずかんかん照りの太陽の力を思ふ破壊の手前

落ち葉の踊り

天高く青澄みわたり赤や黄と並木路にも秋は深まる

秋天の銀杏大樹に実が下がりはらりはらりと舞ひおりる葉よ

さんじらこ　舞ふ葉、落ちる葉、積もる葉に銀杏並木が輝く晩秋

さくさくと落ち葉を踏んで想ふことこの世に生きてゐるといふこと

吹きあれる木枯しに乱れ舞ふ枯れ葉の夢は何処にあるか

なにげなく桜落ち葉に踏みこめば桜餅の香におどろかさるる

桐の木も紅葉《もみぢ》も銀杏《いちやう》も葉をおとすいま落葉樹のそれぞれの秋

風が吹く落ち葉がはしる一斉に広い国道自動車《くるま》とともに

寂れはてし葉を落としたる樹々が待つ冬のおとづれ、安息の日々

日日《にちにち》に葉を落とす樹々ひとつひとつ失はれゆく秋はかなしき

春色

春一番　黄の花が咲く福寿草、クロッカス、連翹、まんさくの花

早春譜　ふきのたうが貌を出す　つくし、すみれ、若菜、山菜

青空にさくらの夢がひろがつて　私の夢もひろがつていく

いつになく今年の春は駆け足で　さくらさくら　八重桜はや咲きぬ

水芭蕉咲きはじめるかそこここに地図の上へと指さしてみる

雨あがりみどりに烟る山々よ若葉ののびる音がきこえる

犯したる知らずの罪を思ひ出す　風薫る頃　リラの咲く頃

新緑の橅の森に陽がさして流るるせせらぎ光うつろふ

藤の房垂れ咲きはじめ風に揺れ　光源氏の幻《まぼろし》想ふ

雪がとけ冬から春へ花が咲き春から夏へ季節はめぐる

ローカル線

海が見たくて海に来ぬはまなすの花が咲いてゐた夏のはじめ

はまなすの赤い花咲く砂浜に寄せくる波とそよふく風と

かなしみは美しきかな砂浜にゆふべの嵐の風紋ひろがる

つばくらめ軒の巣へ巣へせはしなく海辺の町の初夏の風物

初夏のひかりのなかをつばめがへしこの世に生きる喜びのこと

北前船の港町・遊女町・深浦町の円覚寺へと

生きる重さここにも大樹・急な石段　津軽三十三観音札所

どこまでもりんご畑と津軽富士のがれるすべなき故里ゆゑに

白神の山深くわけ入りて美しき水の流れの音をききたし

草いきれ　とことこ走るローカル線　津軽深浦・岡崎海岸

秋から冬へ

北国に秋の香りは漂はず金木犀も銀木犀も

秋の空赤い実がつくななかまど今年の夢の総括のごと

龍田姫ほほゑむやうに秋の葉の色かはりゆく満天星

秋の日に散つて舞つてころがつて風と枯葉の饗宴の季《とき》

飛びちつた夢のかけらがここにある萩の花枝が風に揺れてゐる

銀杏の樹黄金色にそびえ立つ浴びた陽光を放出するごと

刻々と冬に向つて時すすみ残照のごと山燃えわたる

いまごろは深山は冬のたたずまひ時雨が雪に変はる日想ふ

鳴きながら白鳥渡る南へとV字形して星もまたたく

銀河鉄道夜空には悠々と星がまたたき白鳥渡る

緑のなかに

かなしみの向かう側にも季《とき》がきてひとつふたつと椿が咲いた

椿には椿の花咲くあざやかに一輪づつのメランコリー

藪椿血の色に咲くかなしみよいつの時代の殺戮のあと

そよ風に若葉の香りがただよって野鳥の声が時折ひびく

橅の森日の光がつきぬけて若葉きらめく枝もかがやく

満開の桜はすぎて並木道　今は若葉のすがすがしさよ

花散つて日ごと日ごとに葉がのびて緑の色が深まるこの頃

風媒花松の花粉がとびかつて海辺はハイトーン松籟の音

この季節あふれる力破壊力花咲きみだる次は万緑

夏山の深い樹海にほととぎす恋歌ながるる血を吐くごとき

秋色哀傷

橅の森今年の秋は霜枯れて茶色の枯葉がかさかさとなる

いつの間に樹々の梢が色づいて秋へ秋へと時が移ろふ

現代の象徴が一瞬にして崩壊し世界にはしる衝撃

秋の葉よ人間の性か　ベトナム戦争・湾岸戦争そして今

仏法を求めて玄奘三蔵の歩いた道今ここに空爆がある

薬師寺の壁画のなかの月影は今何をうつしてゐるのだろう

秋深きアフガニスタンの情況は奈落の底におちこむ青い葉

かなしみよ白鳥飛来す冬の使者ここはいつもと変はらぬ風景

枯葉よ　因果応報・罪と罰　二十一世紀の平和と戦争
人間の善悪を超え幸ひに日はまた昇る季節はめぐる

雪国の贄

しんしんとすべての上に雪が降りしんしんとまた夜も更けていく

一夜にて雪ふりつもるその雪のすがすがしさよ雪国の贄

流氷の海は別な顔　冬晴れの空の下　雪雲の空の下

幻想の十和田湖冬物語・地吹雪ツアー・雪原の鶴

ひよどりよ私だけの喪よ　一瞬の文鳥の死による空白の日々

何もない空《から》の鳥籠　すぎ去りし日々のなかの記憶のなかの生《せい》

きさらぎの大気が凍るリフレッシュ深呼吸する霧氷の朝

美しくシクラメン咲く華やかなソルトレーク冬季オリンピック

春来ればすべてが消える冬の雪この世の掟「これありて彼あり」

しんしんとすべてのものを浄化する静かな夜は雪が降り積む

白紫陽花

いつもより今年の春は駆け足で日本列島ららと春が来る

テレビには桜一色　京爛漫　小雪舞ひ散るここはまだ冬

春まぢか小雪舞ふ朝　突然に母死に給ふ花に抱かれる

死後の世はいまだ知らねどすべもなく母の笑顔がまぶたに浮かぶ

椿より梅・桃・こでまり・リラの花　次から次へと花咲きいだす

玲瓏とみなぎるいのち鈴蘭の花のなかでは鈴音が響る

風吹けば鈴蘭の花なりいだす　秋のかなしみよりは軽やかに

散歩道　欅並木は異空間　幹黒々と刻《とき》を吸ひこむ

空のかなたに何がある欅の大樹高く高く空にひろがる

白紫陽花の咲き誇る庭ここの家《や》にかなしきことはなからんや

哀歌

時が来てまたまたひとり死後といふ未知の世界の扉をひらく

かなしきは未だ生まれぬ蝶の夢　終へた一生《ひとよ》の愛の痕跡

雪静か日本画家・甲人《こうじん》の大地の中の春待つ生命《いのち》

冬木立生命はぐくむ自然界太陽のぬくもり大地のぬくもり

こはれやすき生命のかなしさよ寒さに凍える冬の花々

真冬の夜私のなかにも春くれば希望といふ名の花も咲きけむ

年々に咲くさくら花満開の花咲く姿まぼろし今は

奇跡のごとく若菜萌え出づ春くれば緑繁茂す一日ごとに

人間のかなしさゆゑに世界には戦争のかげ日々に濃くなる

春まぢか世界は戦争への道阻止できぬのか　また雪が舞ひ散る

残響

桜、さくら開花宣言はなやかに今年も桜　春爛漫

さくら咲く明日は明日悠々と鳶が一羽大空に舞ふ

風誘ふ花びらの舞ひさくら色幽玄の界あらはれたるかな

花が咲き花が散るひとときを夢見心地の時間《とき》が流れる

きらきらと光が揺れる夏の海かなしい過去もきらきら揺れる

天災とテロとのちがひちりぢりの死者はいづこへ風ふきすぎる

エスプレッソ逐ひつめられてかなしくも憎悪、嫉妬の風がうまれる

憎しみの無差別大量殺人かなしみはひとりひとりの風の色

日本海美しい海岸で悲劇がおこつた拉致事件　何故

戦争もなくひつそりと里山にかたくりの花が咲いてゐる

秋はかなしき

八甲田山秋のひかりに染められてここより先は時間よ止まれ

テーブルに紅茶の香り窓辺には銀杏並木の秋の彩り

秋深くかなしみ深く大木《おほぼく》もひと葉、ひと葉と失はれゆく

奥山はあざやかに紅葉しもつと北より白鳥が飛んで来る

梢の奥に落ちたぎつ不動の滝よ秋の山にも水は流るる

美しくどの曲よりも澄みわたる秋はかなしき鈴虫の声

秋天に花咲き競ふ私には待つ人来ずにめぐりくる冬

葉が落ちて冬鳥わたる秋の日に何処かで起こる殺人事件

美しき限りの生命《いのち》の日日《にちにち》よ秋の枯葉の明日《あした》といふ日

究極の夢のひとつは久方のひかりの奏でるオーロラが見たい

水無月

死して後無間世界で出会ふことなし夏薔薇が咲き誇る

はなむけの何もなしに沈黙のままこの世を立ちぬまたひとり旅

絢爛な塚本邦雄の歌あそび跡絶えた「現代百人一首」

水無月の風が頬を吹きすぎる一瞬の思ひ出のせて

ほととぎす八甲田山に風が吹き思ひ出よぎる一瞬の間に

橅の葉に風吹きわたる陽がゆれる思ひ出ゆれる夏のひかりに

この世とは山の水滴したたりて海へ海へと川が流れる

藤の房風が奏でるゆるやかに喜びの曲も別れの曲も

さだめとは知りつつかなし柿の花盛りの季も葉にうづもれて

唐獅子よ花の生命は短くも咲き誇りたる牡丹の花かな

神無月

秋晴れにぼやけた色の山の樹は確実に冬に向つてゐる

炎天の死の匂ひが広がつて地上に天災、テロ、殺人

年々にひとりひとりと旅立ちぬ他界に虚空《そら》はあるのだらうか

雷が鳴り大粒の雨が窓を打つ不安　寒冷前線通過中

薔薇の園主人なきとて荒れ果てつ縦横無尽の枝、枝の先

すがすがしき神国日本の影もなし「けものみち」「飢餓海峡」かなし

秋の日にたわわに実る林檎かな雨にも負けず豊かに香る

秋晴れに紅葉の色冴えわたる燃えつく命の最後の一閃

宇宙の時間を垣間みる月の満ち欠け夜空に同じリズムで
神無月眠られぬ夜に白鳥の声がひびけり長い長い旅

森閑

あでやかに咲き誇りたる時すぎてかなしみの果て崩れる牡丹

日に日にと色かはりゆく紫陽花よ明日も知らぬ不安のなかで

かなしみは林檎の香りにとけこんでさはやかに今甦る

花伝書に萱草色のしをりあり雨の日も風の日も吹雪の日にも

しんしんと降る雪の日は銀世界街の中にも深山のかをり

美しき雪の幻影雪女死との境に追はれつつ・夢

静けさに林檎畑の裸木が宙のかなたと恋の交信

桜前線一歩一歩と北上す誰にもとめられぬ季節のうつろひ

雪が消え地上に萌ゆる青みどり小鳥のさへづり春の訪れ

歌人の言の葉の間よ虚空にはさくら花びらひらひらと舞ふ

北上川にて

新幹線いくつもの鉄橋トンネルとほり過ぎ北上駅に着きぬ

草舟に何をのせて流さうか北上川の流れにのせて

川岸の草むらに咲くつめくさの紫の花夏蝶が舞ふ

雨上り濁流はしる目の前を先の見えない不安をよそに

水鳥の親子がよぎる川岸に小さな菜園蛍はいづこ

北上川の流れの先が見えなくてでもゆつたりと蛇行するかな

ただひとつのあの橋の名は?対岸の桜並木に花はなし　夏

いくつもの川と出会ひて合体しともに流るる海へ海へと

みづひかる川面に朝日がかがやきて今日もまた一日がはじまる

風薫る蝶々が舞ふひと日には闇のむかうにやすらぎが在る

旅立ち

むかし業平東下りの旅に出てわがおとうとは今死出の旅

冬に向つて木の葉が変はるそれぞれの時間を記憶のなかにとぢこめ

寂しさの極みの季節樹々の葉がいちまい一枚失はれゆく

かなしさはここにとけこむ青い空銀杏並木の上にひろがる

冬さびしとめどもなく降りしきる雪が奏でる白のメロディ

いざ言問はむ都鳥隅田川河のむかうの世界はいかに

ひとつひとつの生命《いのち》枯れゆく冬が近づく次は蘇生の春に向つて

隅田川現在《いま》そびえたつスカイツリー空のむかうに人工衛星

青き菊の主題とは何青い空この世のほかの夢にあらぬか

花ざくら小枝とともに風に揺れかすかに香る震災の地に

無為

待ち待ちて春は来にけりいつの間に雪に変はつて桜咲き満つ

新緑の風吹きわたる傷心の震災の地に風吹きわたる

風になびく緑の葉ずゑの声きけばいつもと同じ何事もなく

夏の花ゆたかに咲き競ふいのちのかぎり燃えつきるまで

すずしさが寒さにかはる秋の日に木の葉のなかで何かが変はる

吹きすさぶ冬の嵐に人間の力およばず雪に埋れる

冬の蝶白一色の雪原を舞ひとぶことはできないことだ

長年の静かな海の逆襲か津波の渦にのみこまれて

あかねさす明日につづく今日の日をただ漠然とかさねかさねて
かなしみも喜びまでものみこみて季節はめぐりもとにもどらず

花に寄せて

老木に香りただよふ梅の花雄蕊はなやぐ花火のやうに

新緑の風が吹き交ひ清らかに雪どけ水がほとばしるかな

満開の桜並木を通りぬけるかなしみ色の花びらが舞ふ

津軽路にさくらのあとを追ひかけて林檎花さくぽつりぽつりと

桐の花見上げて想ふひたすらに野心を胸に駈けていく彼奴

桐の種子羽をまとつて飛んでいく理想をもとめてどこまでも今

薫風に莟ふくらむ牡丹は両手のひらより大きくひらく

大手毬重々と咲く片隅に亡き母植ゑて幾年ぞ過ぐ

蔓薔薇がどこか異国の香りして壁一面に咲き誇るかな

湿原にニッコウキスゲ現はるる思ひ思ひに風に揺らいで

跋　「青き森の主題」

林　和清

先日、八月の終わりに青森を旅行した。この時期の青森は、夏と秋が同居している。向日葵のとなりに女郎花が咲き、ダリアのそばで藤袴が揺れている。短い花の季節を植物たちはいっせいに謳歌しているということだろう。

岩木山も恐山も、キリストの墓のある新郷村も十和田神社も、晩夏と初秋をあわせ持ち、どこへ行ってもフィトンチッドに満ちたさわやかな風が吹いている。都会の猛暑に痛めつけられた心と体は、緑の風に吹かれ、空気を深く吸い込み、すっかり癒されたように感じた。

宿泊した「森のイスキア」では、佐藤初女《はつめ》さんが自ら手をかけた一品一品でもてなして下さった。料亭の料理とはちがい、畑でとれたものや近在でもとめた身近な食材なのだが、手間暇を惜しまず人間の手のぬくもりを感じさせる本物の意味での「御馳走」であった。炊きたてのご飯を人数分、心をこめてよそってくださる初女さん、御年九四歳。その美しいたたずまい、お話になる言葉、すべてが心にしみる。しかし、ここも十月にはクローズされ半年の冬眠になる。

新緑の樹々の葉ずゑに陽がさして美しきかな光プリズム　「風のたはむれ」

そこだけが華やぐやうに花が咲く日々に広がる万緑の界　「風のたはむれ」

揺籃のかなしみに似て今日一日《ひとひ》しづかな雨が若葉を濡らす　「青葉の風」

花便り次から次へと咲きみだる木の花・草花・万緑の中　「青葉の風」

炎天に秋の気配は見えざれど街には桔梗・竜胆・秋桜《コスモス》草　「夏の日に」

この季節あふれる力破壊力花咲きみだる次は万緑　「緑のなかに」

この世とは山の水滴したたりて海へ海へと川が流れる　「水無月」

藤の房風が奏でるゆるやかに喜びの曲も別れの曲も　「水無月」

さだめとは知りつつかなし柿の花盛りの季も葉にうづもれて　「水無月」

青森をこよなく愛するわたしだが、いつも旅するのはここちよい季節だけなのだ。わたしは青森の夏と秋しか知らない。それでは青森のことを何も知らないのと同じだろう。

この歌集『風のたはむれ』には、青森の四季の薫りが満ち満ちている。ページを開くごとに北国の季節が展開し、映像として迫ってくる。

巻頭の章は、短い夏の美しさをつたえてくれる歌がならぶ。自然がいっせいに呼吸する息吹は時にあらあらしく、「破壊力」と言いたいような力で空気を貫く。その実感も夏の季の短さゆえであろう。

山に落ちたしずくが川になり海に流れ、やがて雨になって山に降りそそぐ。そんな自然の循環を体で感じている作者。めぐる水は、作者の体内を循環しているかのようだ。そんな季節もやがて早い秋の訪れで、「喜びの曲」が「別れの曲」へと変わる。

時がきて別れの鐘がなりひびく秋に木の葉の移ろふごとく　「秋彩」

「われら何処より来たりて、何処に去る」かなしみと秋深まりぬ　「秋彩」

人間の耳にとどかぬ天上の調べ流れて樹々紅葉す　「紅葉狩」

かなしみは秋のほほゑみ次々に樹々紅葉して全山燃える　「紅葉狩」
さくさくと落ち葉を踏んで想ふことこの世に生きてゐるといふこと
「落ち葉の踊り」
秋の空赤い実がつくななかまど今年の夢の総括のごと　「秋から冬へ」
飛びちつた夢のかけらがここにある萩の花枝が風に揺れてゐる
「秋から冬へ」
銀杏の樹黄金色にそびえ立つ浴びた陽光を放出するごと　「秋から冬へ」
いまごろは深山は冬のたたずまひ時雨が雪に変はる日想ふ　「秋から冬へ」
八甲田山秋のひかりに染められてここより先は時間よ止まれ
「秋はかなしき」
秋晴れにぼやけた色の山の樹は確実に冬に向つてゐる　「神無月」
すずしさが寒さにかはる秋の日に木の葉のなかで何かが変はる　「無為」

青森の秋はうつくしい。広葉樹はさまざまな色に紅葉し、山を森を彩る。それは最後の輝き。自然が優しい顔を見せてくれる最後の別れの時でもある。季節のめぐりは、作者にとって身体感覚そのものなのだ。

短い季節は夢のように過ぎ去るからこそ、かけがえのないものになる。東北の人が大好きな七竃の紅葉が「夢の総括のごと」と思えたり、萩の花枝を「飛びちつた夢のかけら」だと見たりするのは、短い季節を夢だととらえ、だからこそ大切に思う気持ちのあらわれだろう。

ゴーギャンの絵のことば「われら何処より来たりて、何処に去る」という疑問も、落ち葉を踏んでこの世に生きるということの意味を問いかけるのも、作者が季節のめぐりとともに、その生をとらえているからであろう。夢のような短い季節、うつくしいだけに悲しい別れの季節、なぜ季節は移り変わるのか、なぜ生と死、そして再生は繰り返されるのか、作者はその根源を自然のめぐりのなかに問いかけ、見出しているのである。

禁断の木の実のなかにまぼろしの雪の匂ひが淡くただよふ　「雪の匂ひ」
雪原にまた吸ひこまれ降る雪はひとひらひとひら重なりゆきぬ「雪の匂ひ」
新雪におほはれて地上かがやきぬ　雪辱といふ言葉を想ふ　「雪の匂ひ」
藍ふかくねむる山々真冬日のしづけさのなか心やすらぐ　「冬歌」
眠られぬ風の荒るる夜雪がとびうねりとともに怖れがはしる　「冬歌」
雪ふれば寂滅為楽の夢かよふまだ跡もなき明け方の空　「冬歌」
一夜にて雪ふりつもるその雪のすがすがしさよ雪国の贅　「雪国の贅」
春来ればすべてが消える冬の雪この世の掟「これありて彼あり」
「雪国の贅」
真冬の夜私のなかにも春くれば希望といふ名の花も咲きけむ　「哀歌」
花伝書に萱草色のしをりあり雨の日も風の日も吹雪の日にも　「森閑」
美しき雪の幻影雪女死との境に追はれつつ・夢　「森閑」
かなしみも喜びまでものみこみて季節はめぐりもとにもどらず　「無為」

秋の彩があっという間に駆け抜ければ、長い長い冬が来る。その雪の降り方は、雪国の冬を経験した人でなければ実感できないだろう。私などは、三メートル、五メートルという途方もない数字を聞かされるだけで、想像力が追いつかなくなる。それが永遠と思うような長い期間つづくのである。

一面の雪原に降る雪はものすごい嵩をもちながら、やはり「ひとひらひとひら」の積み重なりである。リンゴの実の中にも雪の匂いが閉じ込められている。そんなことを実感できるのは、やはり青森の風土があってのことだろう。

一夜で風景を一変させてしまう雪にいっそすがすがしさを感じるのも、真冬日に心の平穏をかみしめるのも、雪をうけいれなくては生きてゆけない風土であり、だからこそ春のよろこびも絶大になる。それが、「寂滅為楽」の境地であり、「これありて彼あり」の真理である。「雨の日も風の日も」は慣用表現だが、そこに「吹雪の日も」と来ると、雪国だけにある実感へと変わる。

しかし、気になるのは「希望といふ名の花も咲きけむ」の、「けむ」という過去推量の助動詞。かつては真冬でも心の中に春が来れば希望が持てたのに、いまはそれがなく、過去のこととして「咲いたのだろう」と思いを広げているだけなのだろか。

世界を震撼させるテロや戦争や災害などの悲劇があり、かつてのような季節のめぐりがもたらす喜びを純粋に享受できなくなった作者が、そこにはいるのかもしれない。確かに季節はめぐっても、おなじ季は二度ともどってはこない。

今年また季がめぐりて花ひらく　風の奏でる舞曲にのつて　「風のたはむれ」
底ごもる春の光に爛漫とさくら咲き満つわが世の春と　「さくら・さくら樹」
ぽつぽつと火がともるごと輝きてさくらの蕾さきそめにけり　「桜花繚乱」
もしかして夢まぼろしの具象のすがた花の残像きえやらず　「桜花繚乱」
青空とリラの花房見上げては遠い日の夢とぢこめてゐる　「春風の歌」

桜吹雪・颪・花吹雪さらさらと夢のぬけ殻風のまにまに　「花の夢」
雨あがりみどりに烟る山々よ若葉ののびる音がきこえる　「春色」
かなしみの向かう側にも季《とき》がきてひとつふたつと椿が咲いた「緑のなかに」
桜前線一歩一歩と北上す誰にもとめられぬ季節のうつろひ　「森閑」
老木に香りただよふ梅の花雄蕊はなやぐ花火のやうに　「花に寄せて」

真の春のよろこびを知るのは、長くつらい冬を通りぬけたものだけだろう。歌集の中でもっとも多く歌われるのは春の歌で、とくに桜のうつくしさを体いっぱい表現した歌が多い。そのテンションの高さは雪国の冬を耐えたからこそのもの。これくらいの言葉では表しきれない、という作者の叫びが聞こえてきそうな気がする。
ただそれだけに、歌として心理の陰影にかける傾向もある。作者の特色でもあるシンプルな歌の構造ゆえ、やや平板になってしまいやすいのかもしれない。

絢爛な塚本邦雄の歌あそび跡絶えた「現代百人一首」　「水無月」
青き菊の主題とは何青い空この世のほかの夢にあらぬか　「旅立ち」
神無月不稔の秋の夢のごとマリー・アントワネットの断首の刑　「秋彩」
人を待つとなけれど秋寂しくて舞ひちる木の葉を踏む音がする　「秋彩」
風鈴の音が響く　すずかけ・すずかぜ・すずしろ・すずむし・すずらん　「夏の日に」

塚本短歌の洗礼を受けた作者の目に、現代短歌は殺風景なものに写るのだろう。塚本の第九歌集『青き菊の主題』を、作者はとくに偏愛するのか、歌柄の違いはあっても、「この世のほかの夢」を見たい想いの強さは同質である。また、断首刑の残酷美、「人を待つとなけれど」の古典和歌本歌取り、風鈴によせる言語美への関心などは塚本の短歌世界と共通する要素にちがいない。青森の風土を土台に、今後さらなる展開をきっと見せてくれることであろう。

あとがき

昨年、大事にあたためてきた短歌をまとめて、第一歌集「青い仮象」を出版しました。

幼い頃から時々具合がわるくなり、病院で調べても原因がわからず、そのうちにまた、元気になっていました。調子がよければあと三年は大丈夫とか、辛い時は明日は目が覚めないかもしれないと思う日もありました。自分の生命は短いと思っていましたから、好きなように生きてきたような気がします。

そんな私の支えになってくれたのは、文学の世界だったと思います。アガサ・クリスティーの小説は、殺人（罪）をめぐっての人間の心の動きにドキドキしながら読みました。和歌の世界では万葉集や古今集、新古今集の歌人たちと和歌を通して語りあったような気がします。寺山修司の「書を捨て、町へ出

よう」に何故か心を動かされ、

春の野に薫る七草たづねては明日のことも美しと思ふ

この歌が出来た時、春がめぐってくれば、必ず生命があふれてくるのだと、本の世界を飛び出して、生きていこうと思いました。

はるかなる未来の夢と降りしきる雪の音は。見えず聞こえず

平成五年、友人の詩集のことで、政田岑生氏のお世話になり「玲瓏」への参加を断りきれず、また新たな気持ちで短歌をつくりはじめました。玲瓏二十九号です。あれから又、二十数年の月日が流れました。休み休み何度も原稿の催促をうけながら、ご迷惑をおかけしながら細々と読みつづけて参りました。この短歌を元気なうちにと一冊に纏めました。

この地球の自然の恵みのなかで生きていることをかみしめながら、この穏やかな日本の国土に生まれたことを喜びながら、短歌と新たな気持ちでむきあっ

ていきたいと思っています。それに今、誘われて俳句も楽しんでいます。

歌集を上梓するにあたり、又塚本青史氏のお世話になりました。

林和清氏に「跋」を書いていただきました。

そして現代短歌社の道具武志氏、今泉洋子氏、装幀の間村俊一氏にも再度、お世話になりました。厚く厚く感謝申しあげます。

平成二十七年八月

藤田喜久子

風のたはむれ（玲瓏29号）
秋彩（玲瓏30号）
雪の匂ひ（玲瓏31号）
さくら・さくら樹（玲瓏32号）
夏泊半島（玲瓏33号）
紅葉狩（玲瓏36号）
冬歌（玲瓏34号）
桜花繚乱（玲瓏47号）
春風の歌（玲瓏35号）
青葉の風（玲瓏39号）
花の夢（玲瓏37号）
初夏の風（東京歌会）
夏の日に（玲瓏40号）
落ち葉の踊り（玲瓏43号）
春色（玲瓏42号）
ローカル線（玲瓏48号）

秋から冬へ（玲瓏49号）
緑のなかに（玲瓏50号）
秋色哀傷（玲瓏51号）
雪国の贄（玲瓏52号）
白紫陽花（玲瓏53号）
哀歌（玲瓏55号）
残響（玲瓏56号）
秋はかなしき（玲瓏57号）
水無月（玲瓏65号）
神無月（玲瓏66号）
森閑（玲瓏73号）
北上川にて（玲瓏77号）
旅立ち（玲瓏83号）
無為（玲瓏86号）
花に寄せて（玲瓏88号）

歌集 風のたはむれ

平成27年11月２日　発行

著　者　藤田喜久子
〒030-0861 青森市長島3-3-1
発行人　道具武志
印　刷　㈱キャップス
発行所　現代短歌社

〒113-0033 東京都文京区本郷1-35-26
振替口座　00160-5-290969
電　話　03（5804）7100

定価2500円（本体2315円＋税）
ISBN978-4-86534-119-5 C0092 ¥2315E